KB111132

다시 태어남으로

노보살 일진행의

다시 태어남으로

운주사

다시 태어남으로

억겁의 핑계와
게으름을 몰아내고

딛고 일어선
난행 고행으로

저 허공 속에
무영탑을 쌓으며

영산회상을 향한
이 마음 안에

홀연히 이 사바가
연꽃 세상인 듯

행복한
황혼 길에서

아름다운
일몰을 맞아

가벼운
걸음걸음마다

나 내생으로
가는 길에

소중했던
내 안에 무한을

덜고 나누며
줄이느라

인연 따라
그에 맞게 비워낸

대서원의
기다림이 비켜가고

허허 넓어진 공간
이대로에서

육신을 바꿔 입진
못했어도

마음은
다시 태어남으로

이어진 이대로에
더욱 진중히

눈산 히말라야를
명상으로 기어오르며

수미산에
이르기까지

더 더욱 청정한 삶을
영위하리다

보낸 구월에서 시월 상순

무척 바빴던
구월에서 시월 상순

일상의 기도를 하면서
챙길 것을 챙기며

가고 싶은 곳을 다녀오면서
한 생을 마무리하는 마음

날마다
무척 바쁜 나날이었다

한 점 흔들림 없이
기쁜 마음으로 맞은 그날

끼니를 건너도
허기도 지지 않았다

한숨 잠에서 깨었을 때
자정은 지났는데

이 몸이 어찌나 바르게
누워 있어 움직여 보면서

이대로 갔더라면
얼마나 멋이 있었을까

생각할 때
아쉬운 눈물이

나도 모르는 사이
주르르 흘러 내렸다

비록 육신은
갈아입지 못했어도

생이 바뀐 듯 살아야지

경마장에서
경마가 달리듯

쫓아온 그날을 돌아보며
무너진 서원의 허탈 대신

흐뭇함을
충만으로 바꿔 안고

이젠
도반을 찾아
도량을 찾아
나서지 않을 것이며

허기를 채움이 아닌
즐김으로 맛을 찾아
나서지도 않으리라

찾아오는 이
반겨 맞아
포옹하고 배웅하며

내 앉은 자리에서
불평 없이 환희에 찬
남은 생을 마감하리라

구월 이십오일

마지막 순간을
예매라도
해 놓은 듯
바쁜 마음은

어느 하나
모자람이 없이
충만으로 채우느라

구월 하순
시월 상순
나름대로
너무 바쁜 시간들이었다

구월 이십오일
오늘은
대가족을 모아
한턱 쓰는 날로 잡힌

일요일이다

철마 큰 기와집
부광에서
점심 공양으로
한 판을 즐기고

커피 한 잔씩을 들고
밀린 이야기들로
야산 기슭을
한 바퀴 걸어 나와

차 한 대 막내는
일터로 가고

남은 세 대는
나란히
바닷가로 갔다

돌아 돌아
도착한 곳이
임랑이었다

때 맞추어
꽃밭에서 찻집에
정훈희 출연이
있는 날이었다

입장료 대신
조금은
비싼 차를 마시며

움직이는 미모의 여인
노래를 들으며
대가족이 함께
즐거운 시간

사진 촬영까지
할 수 있었던
이 모두는
축복의 한 장면인 듯

기쁜 마음으로
돌아오는 길은
바닷가를 타고
울산으로 돌아서

어둠이
차오르는 시간에
돌아왔다

지금 이대로
모두들
건강하길 바란다

시월 중순

엊그제까지
착잡하던 마음
쉬어 두고

아들 며느리 따라

배내골 얼음골
산새 좋고
물 맑은 곳을 찾아

잔잔한
가을 들꽃이랑
간들거리는 코스모스

주렁주렁 매달려
잘 익은 사과며

알맹이는 수확되고

잎만 무성한
대추나무 사이를 지나

맑은 바람에 실려 오는
맑은 공기를 마시며
밀양댐에 도착했다

가슴이 확 트이는
시원스러운 곳을
한가로이 돌아보고

해질 무렵에
돌아왔다

이따금
아들이 쉬는 날이면

며느리 자원심과
고부가 즐기는 날이다

말년의 무겁잖은
즐거움이다

쉼터에선
반드시 커피며 간식을
챙기곤 하면서

저녁공양은
집 근처에 와서 하는 편이다

비워낸 자리

내게 있는 것
인연 따라
모조리 들어낸
텅 비워진 자리

훌훌 털어
쓸어내고

다시 태어난 듯

백지장처럼
가볍게 살 수 있는

나의 소중한
제2의 삶으로

더 줄일 것도
더 나눌 것도

옮겨 놓을 것조차 없이
비워낸 자리에서

더 넓어진 가슴
더 열려진 마음
더 넓히고
더 열면서 살리라

어쩌면 그렇게도
아낌없이
손에 잡히는 대로
비워낼 수 있었을까

스스로
찬사를 보내고 싶다

하나 하나 비워낼 때
그 찰나 찰나
너무 행복했었지

이제 남은 마음마저도
훌훌 털어
저 수평선 너머로

띄워 보내고 싶다

더 나눌 것도
더 버릴 것도 없어

내게 큰 날개를 단 듯
저 하늘가까지
날을 것 같은 이 기분

행여 먼 바다
보물섬에 이른 것이 아닐까?

무너진 서원 앞에

지나간 뜨거웠던
정진들 하나하나

그 모두는
님의 손길
님의 몸짓인

실상의 가피로
보다 나를 키워내는
은혜로운 발판이였었다

버린 듯
잊은 듯
잃은 듯

놓았던 모든 것
소중히 다시 모아

진여의 삶에
보태어 쓰리라

서둘러 준비하며
급급했던 마음

이제 느긋하게
풀어놓은
가벼운 마음으로

생각 생각
다시금 희열에 차

환희 정진하리라

안타까웠던 순간

도래된
순간의 흐름에

밀려드는
안타까움이
조여오던 가슴

오늘이
가기 전에

오늘이
가기 전에

몹시 애태웠지만

말 없는
시간은 가고

대서원이
돌아서야 할 즈음

그 허탈함이
내 안에 허공을
가득 채웠다

다시 맞아야 할
기약 없는
그날을 기다리며

비켜간
남은 자리를
지켜야만 했던 마음

어쩌랴
한 짐 무거움을 내리고

한 점 불편 없이
기다리며 지키리라

내게 주어진 모든 것을

마지막 그날까지
이대로 끊이지 않게

최선을 다하는
여법한 일진행으로

지금처럼
온 정성 다 바치리라

육신은 이대로에
다시 태어난 마음만이

새로운 행의
큰 뿌리가 되어
더욱 전전하리라

제2의 삶

가지 않아도
다시 온 듯이

삶이 바뀌어 감을
깊은 마음으로 느낀다

행함은 비슷하지만
펼쳐진 마음에

더 더욱 걸리고
잡히지 않음으로

편안하고
느슨함이 완연하다

제2의 삶

육신은 그대로지만

마음은 다시 온 마음

죽지 않아도
죽음이며

나지 않아도
남이 됨을

실로 터득함이 되어

더 값지게 살라는
채찍인 듯 감사하게

대서원이
비켜감의 어두움도

허공 속으로
훌훌 날려 보내고

아래로는
미세한 들꽃 되고

위로는

광활한 가을 하늘 되어

티 없이 맑고 밝은 삶
더더욱 청정한 삶으로

다시 남은 생을
여한 없이 마감하리라

업

본래의 업을
알지 못해

미소로 멋이 있게
떠나고자 서원했던

크나큰 욕심은
비켜가고

벗지 못한 육신 그대로
마음만 다시 태어났다

초발심 때
긴가 민가 왔다 갔다
그때가 생각난다

업이란 그것
바꿀 수 없나봐

한 순간
너무나 허탈하여

신심의 초라함으로
가슴 무거웠다

하지만 사십성상의
탄탄대로에서
지칠 수만은 없었다

행 불행이 둘이 아닌 듯

큰 하나 속에 이룸과
이루지 못함이 함께 있었을 뿐

분명 잃은 만큼
얻은 것도 있었기에

진리의 위대함을
다시 배울 수 있는

소중한 계기가 됨을
여실히 알게 되어

감사하는 마음 한녘에
다시금 큰 힘이 솟는다

늙음의 미덕

어젯날의 젊음이
오늘날의 늙음이련만

어제가 없었던 듯
슬그머니 그 마음 내리니

궁금한 것도 없고
기다릴 것도 없고
알아야 할 것도 없네

들리는 대로
보이는 대로
만나는 대로에

너무나 편안하다

아는 것보다
모르는 것이

모르는 그대로에

더더욱 편안하니

지식이
나서는 것이라면

지혜는
스스로 풍기는 것이 아닐까

많이 알아 나서기보다
모름으로 나서지 않으니

주름살 사이로
풍겨나는 늙음의 미덕이

지혜 해의 빛을 받아

보리의 모습으로 반사됨이

저녁노을의 영롱함으로

가이없이 아름다워라

님의 가피

이 핵가족 시대에
자식들의 보호와
도반들의 배려에
가슴 훈훈하다

이는
부처님의 은혜
부처님의 가피가
아닐 수 없다

각별히 아껴주는
도반 그들 모두
신심이 돈독하여
원만한 행으로써

풍겨나는 향기가
마땅히
스스로 전하는

메시지인 것이다

걸림 없는 이는
걸림 없이 보기 때문에

원만행이 갖추어진 자는
원만행이 보일 뿐이다

선은 선을 먼저 보고
악은 악을 먼저 본다

그것은
자기와 친숙하기 때문이다

그러기에
그 사람을 모르면

그 도반을 보라
말하지 않았던가

어느 하나
진리에 어긋남이 없는
진솔한 말씀들이다

참작하여
마음성을 잘 쌓아

스스로의
근기를 높일지어다

느슨해진 정진

출가자도 아닌
재가자로

끈질기게도 쫓아온 길
뒤돌아보면
가슴 몹시 뜨거워진다

병신년 이쪽 저쪽이
각각 만 사십년이다

심지에 불은
꺼지지 않았다

이제 앞쪽 사십년은
닻을 내리고

뒤쪽 사십년은
다시 이어져 간다

어느 쯤에서
멈출지 알지 못해도

여지껏 해오던 정진을
느슨히 늦추어본다

새벽 예불은
그대로에

정근도
반으로 줄이고

다라니도
반으로 줄이고

절도 반으로 줄이고

조용조용
시간이 흐르는 대로

마냥 게으르지 않게

화엄경

법화경을 읽으며

그 시간을 채워간다

십재일엔
이대로 지장경을 읽으며

오늘마다 독경하는

아미타경
금강경은 이대로 독경한다

꽉찬 영글음도
아름답지만

조금은 설익음의
미덕도 괜찮을 것 같다

육신도
조금 쉬어주면서

오지랖에 쌓인
기약 없는 그날까지

지루하지 않게
무료하지 않게

있는 그대로에
충만을 실어 보내며

해맑은
한 생각 한 생각으로

앉은 자리에서
보름달처럼

원만한 삶을
이루어 가리라

지장보살님의 가피

후 오백세인
오오백년 뒤

지금 이 시대에

불가사의한
지장보살님의 가피가

온 법계에 충만하기를
일심 발원하옵니다

지장보살
지장보살

지장정근 소리를 타고
중생계에 나투시어

독경소리

정근소리

들리는 곳곳마다
당신의 가없는 가피

눈꽃처럼
골고루 내리시어

무릇 중생들이
희열에 찬 신심으로

환희 정진케 하소서

복과 덕이 구족하여
지혜와 자비가

충만케 하소서

일체중생 모두
힘겹지 않은 삶이 되어

기쁜 마음
밝은 마음으로

당신께 기대게 하소서

온 인류가 평등하게
행복하기를

일심 발원하옵니다

지장보살 지장보살 지장보살님
살아서 악도 죽어서 악도에
허덕이는 모든 이들을
거두어 주소서

옴 바라 마니 다니 사바하
옴 바라 마니 다니 사바하
옴 바라 마니 다니 사바하

조용히 살리라

조용히
조용히
있음에도
없듯이

이곳에도
저곳에도
기웃거리지
않으리다

여기에나
저기에나
움직이면

반드시
그곳의
누구에겐가
짐이 되는 노구

스스로
알고 챙겨
따라나서고
찾아나섬을
조심스레
행하리다

얼음에는
잃음이 있고
잃음에는
얻음이 있듯이

반드시
잃음과
얻음이
상반함을 알아

이 몸뚱이
부질없음을
잊지 않으리다

항상
조심스레

언행을 지으며

스스로를
사랑하고
스스로를
잘 살피어

스스로를
거역하지 않고
스스로를
미워하지 않으며

마땅히
조용히 살리라

그 후 한 달이 가고

시간이
멈추어 있지 않아

한 달이
훌쩍 지난 오늘

돌아보니
죽음 앞에 그렇게도

희열에 찬
가벼운 마음이 나서서

용감하게도
서원할 수 있었던

실상의 현실 앞에
숨 죽여 감사한다

삶의 애착이
고스란히 내려졌던

만 오년이란
그 세월 앞에

사전 사후 정리를
완벽히 끝내고

기다리던 큰 바람이
만약 이루어졌다면

얼마나 멋스러운
장엄이었을까

도반들께 부탁했던
큰 박수를
받을 수 있었을 것인데

큰절 삼배에
머무르게 됨을
아쉬움은 말할 수 없지만

다시 태어난 이 마음으로
더 지혜롭게
남은 삶을 지키리라

가슴 넓혀
이 마음 꼭꼭 다지며
굳건히 약속한다

미혹

너 나 없이
지난 생이

아무리
궁금해도

미혹으로
알지 못하네

부지런히
정진하면

지난 생도
오는 생도

금생처럼
알 수 있지 않을까

님의 말씀
가슴에 새겨 담아

님따라
님처럼

수행하고
정진하면

우리도
부처님처럼

미혹에서 깨어나
부처되리니

한마음 기울여
끊이지 않는

대정진으로
애써 노력하면

허공같은
이 마음이

영상처럼
밝아져서

미혹에서 확연히 벗어나

대지혜로 미혹을 밀어내고

삼생을 훤히 알자구요

마하 반야 바라밀

명상 속의 영혼이 되어

엄마를 보낸
두 여인
언니를 보낸
한 여인

세 여인이
서로 마주보는
두 눈에서
굵은 눈물방울이

두둑두둑
떨어지는 소리가
들리듯 바쁘게들
굴러 내렸을 것이다

엄마 엄마를
부르는
언니 언니를

부르는

세 여인의
애절함을
명상으로 그려보는
두 눈에서

볼을 타고 내리는
눈물을
휴지를 뽑아 훔치는
한 노파

명상 속에 세 여인을
바라보며 그는 운다

스스로 서원한
일이긴 하지만
남은 혈연들은 마땅히
슬퍼하지 않았을까

엄마 엄마
언니 언니
부르는 소리가

귓전에 쟁쟁거리네

실재도 아닌
드라마도 아닌

명상으로 그려보는
세 여인 앞에
명상 속의 영혼이 되어
눈물이 흘러내린다

만약 이 서원이
이루어졌다면
울면서도 웃어야 할
마땅히 기뻐해야 되는
큰 덕목이었을 것이다

내게 남은 삶

입은 육신은
이대로에

마음은
다시 태어남으로

남은 삶의 행이
바뀌어간다

소박하고
간결하게

지금 내게
남은 것만으로

더 구하지 않는
나의 소신을
굽히지 않을 것이다

날개가 펼쳐진 듯
가벼운 마음이

법계와 허공계에
이르기까지

사바세계를 넘어선
시방세계에

곳곳마다의 평온을
일심 발원하며

기약 없는
그날을 맞기까지

충만이 넘쳐 희열이 차오르는
남은 삶이 되도록

일체 행복을 불러 모아

함께 살리라
함께 즐기리라
더불어 행복하리라

삶이란 그것

지은 과보대로
우물 속 도르래마냥

이 생 저 생을
빈손으로 왔다갔다
그것이 바로 삶이다

올 때 빈손으로 와서
세상 것으로
잘 살다가

갈 땐 고스란히 두고
다시 빈손으로 가니

그것이 바로
본래의 청정이다

얼마나 아름다운가

그러함에도
머물면서 짓궂은
욕심에 치우쳐

그 아름다움을 벗어나
오탁에서
구정물을 마시며

서툰 헤엄을 치다가
다치면 병원이 아닌
못난이 팔찌를 끼게 되니

망가진 청정을
다시 찾기까지
어느 생이 될 것인가

세상 파도에
행여 다칠세라

살얼음판처럼
조심스럽게
한 생을 살면서

원만 바라밀행으로
복덕의 성을
부지런히 쌓을지면

점점 쌓여가는 성이
만리장성처럼 쌓일지니

삶이라는 그것에
끌려가지 않아

끌고 갈 수 있는 자가 될 것이다

시간이 갈수록

이 세간의
모든 사람들은

더 행복하고
더 건강하고
더 오래 살고자

죽음 앞에
강한 두려움인데

그 아니게도
매사에 충만으로

환희에 찬 미소로
한 생을 마감하려

숱하게 많은 나날을
날마다 더 강한 열정

흥겨운 기원으로
모든 준비를 완벽히 끝내고

기다리던 서원이
아랑곳없이 지나갈 때

허탈함이
한 짐 무거웠는데

시간이 갈수록
좋은 기회였음을
가슴에 담는다

내가 가졌던 모든 것을
그렇게도

미련 없이
아낌없이
뒤돌아볼 겨를도 없이

내쫓듯 쓸어내듯
비워낼 수 있었던
놀라움을 이제사 안다

이 모두가
내 삶의 끝자락
고삐를 돌려주는

님의 가피였음도
분명히 알 것 같다

최고이자 만점

똑소리가
나도록

물샐 틈
없는 것도

좋다고들
하지만

물샐 틈도 있고
바람이 스며드는

조금은
허술함을 띤

그런
상징의 삶을

구상해 보는
한 컨에

그 속에서
지혜가 숨 쉬며

자랄 것 같은
매력을 느껴보면서

만점도 좋고
최고도 좋아

높고
귀하지만

좀 모자람도
괜찮을 것 같다

약간의
엉성함도

살펴보면
그에 따른 멋이 있지 않을까

손가락도
길고 짧은

열손가락이 있어
그에 따라 쓰여지듯이

매사에
적절히 쓰여지면

그가 곧 최고이자
만점이지 않을까

너와 나

이 세상 사람
너와 나

어느 누구 누구
할 것 없이

마음이
나약해지면

몸도 따라
나약해지고

마음에
힘이 실리면

몸에도
함께 힘이 실린다

너와 나 함께
일념 정진으로

몸도
마음도

한 힘 잔뜩
실리기를

일체
너와 나를 위하여

일심
기원하면서

오로지 이 일만이
지금 내게 남은

한 몫으로
믿고 감사히 받아

부지런히
실로 행하면서

마땅히
신구의 삼업을

생각 생각
내려 쉬지 않으리라

신심의 울타리 안

기다림도 쉬어
만남도 쉬어

외로움마저
쉬어진 곳에

영원으로 가는
신심만이 이어져

새벽마다
그윽한 향내음

피어오르는
말년의 나의 고향집

불보살님과
함께한 이 도량

신심의
울타리 안에

보리 심어 가꾸어
보리 거두어

행복을 불러 모아
행복을 실어나르는

내
오늘의 삶에서

한 생각이
미처 닿지 않을 때는

행이 먼저 알고
스스로 찾아 행하니

이런 일이
어찌 우연이리요

자국 자국
불보살님의 가피이며

이끌어주심이
완연하니

신심이
어찌 멈추리요

남은 것만으로도

내게 있는 것

그래도 조금은
쓸 만한 것 골라

새 주인 찾아
보내주고도

남은 찌꺼기
그것만으로도

삼년 오년은
넉넉히 쓰리라

그런데
무엇이 모자라

입을 것 찾아

가질 것 찾아

인연 따라
도량 따라

맛을 따라
나선다면

허기진 마음
구걸함에 다가감이라

큰 서원의
남은 몫으로

마땅하지
못함이리니

이 마음이 나서서
행하고자 함은

분명 선취이자

역이 아닌데

어찌 거역하랴

이것이 지금 나의
첫째 조항이다

온갖 정성을 쏟아

내 머문 곳에
충만이 넘쳐

흥건한 삶이 되도록
여법이 행하리라

평등과 중도를 향해

어느 날 정오가 되면서
불현듯 일어나는

한 생각이
마음을 끌고 막 달린다

삼십 분간
아주 신나게

삼천 지장정근을 하면서

서원도
발원도
기원도 아닌

기준을
평등과 중도에 두고

쾌속으로
나를 키워낸다

너가 나이고
일체가 나이고

세상만사가
나와 둘이 아닌

어느 어디에도
차별 없는 평등

양끝에
치우치지 않는

중도에
머물고자

고속도로
항로
수로와 같은

지름길을

지장정근으로 열어가니

사십성상
이어진 불연으로

그들이
멀리 있지 않아

귀에 들려오며
눈에 보여오며

마음을 열고
모여드는 느낌에

무한한 기쁨을 만나며

신심의 심지에 지핀
영롱한 불빛이

더 더욱 아름다워지니

님께 감사함이
점점 늘어 자란다

이 시대에
절실한 평등과 중도

참 삶의
핵심이 되도록

놓치지 않고
늘 지켜 행할 것을

<u>스스로</u>
굳은 약속하며

다함 없는 마음
점점 넓게 열어갈 것이다

손자랑 외식

오늘은
귀국한 손자랑
아들이랑
며느리랑
할미랑

우정에서
값비싼
저녁 공양으로

아들 손자 며느리
함께 행복한
시간이었다

피치 못할 육식에
자주 접하게 되어
조금은 죄스럽다

요즈음 들어
가족끼리
바깥나들이와
외식이 더 잦은 편이다

그러나
장시간 나들이는
장남 내외와
많이 가게 된다

내리 사랑
치사랑으로

서로 만나
즐겁게 보내는 시간들이

가까스로
늘어남을
대가족 모두에게 감사한다

오늘 삼대가 모인
즐거운 공양 시간

내 아들
소주 한 잔 하고

대리 운전으로
귀가했다

나의 오늘

소리 없이
모습도 없이
묵묵히 가는
오늘을 보내며
앞뒤 돌아
다시 살펴보는

나의 오늘

이 생각 저 생각에
걸리지 않으려는
미세하게 남은
잔여 부스러기까지
과감하게
떨쳐내려는

나의 오늘

기다림도
만남도
반가움 그마저도
가볍게
내려놓을 수 있으려
노력하는

나의 오늘

엄마 어머니
부르는 그 소리에
반갑고 고마움은
그지없으나
마음에 담길 모든 것을
애써 내리려는

나의 오늘

일어나는
한 생각 한 생각을
낱낱이 거두어
흘리지 않고
기꺼이 행하려

일심 노력하는

나의 오늘

이제나 저제나
더 큰 그릇이
되지 못했음을
오지랖에 싸안고
일념정진을
늦추지 않는

나의 오늘

원만행

잠깐
귀 기울여 보실래요

우리
눈에 들지 않는 그 마음

아끼지 않고
잘 쓰면

첫째
얼굴이 환히 예뻐져요

둘째
한 마디 한 마디 말이 고와져요

셋째
모든 행이 원만해지죠

이런 덕행을
어디서 구할 수 있을까요

불연으로 얻어지는
진 보물이지요

여법하게
살아 움직이는

이 아름다움
그 속에서

탐 진 치를
여의면

사랑과 배려가
늘어나며

지혜가 생겨
자랍니다

우리 모두 그 마음
유용하게 잘 쓰면서

세세생생토록
원만행을 누리십시다

고맙습니다

부처님 은혜

허공에 비유하랴
바다에 비유하랴

그 높고도
깊고 넓음을

어디에 무엇에
비유할 수 있으랴

부처님 은혜

알고도
행함 없이는

알지 못함일세

속속
한 생각 일으켜

그 마음
받아 행하여

초초마다
자국 자국

마음 성을
쌓아 가면

허공 속에 무영탑이

밤낮으로
소리 없이 늘어나

부처님께서
얼마나 대견해하실까

형상에
걸린 그 마음들을

실상으로
옮겨와서

여법하게
그 마음 내세워

나도 다스리고
남도 다스리면

그가 바로
부처님께 은혜함일세

지송한글화엄경 독경

해마다
동짓달이 되면

통도사
화엄산림 법회에

동참은 못해도
내 앉은 자리에서

지송한글화엄경
스물한 독을 하면서

눈으로 귀로
보고 들으며

가까스로
즐겨 읽으면서

화장장엄세계해의 실상을
명상으로 그려보며

불 세존께서
백 천 억 나유타

광명으로
신통을 나투심과

많은 큰 보살들의
법문품을 들으며

선재 아닌
선재가 되어

오십삼 선지식을 만나

아주 재미있게
지송한글화엄경을

내 소리로
내가 듣는다

매번
완독일 때면

약찬게를
아주 신나게 읊으며

대방광불 화엄경도
노래처럼 부른다

이러기를
여러 해 거듭하니

그 수가 엄청나다

대방광불 화엄경

동이 트듯

물러서지 않는
끈질긴 정진으로

마음 있는 곳에
길이 있는 줄 알았는데

그 아님을
여법하게 다시 배우면서

선이든 악이든
지어놓은 업에는

순순히 따라야 함을
절절히 느끼게 된다

이대로
다시 태어난 삶이

게으름과
핑계를 넘어선

끊임없는 정진이면
지어진 중중업을

받아 넘길 수 있는
큰 힘의 역할은 마땅히 하되

허물거나
바꿀 수 없음을

여실히 알게 됨을
감사하면서

동이 트듯
새로운 밝음이

한 가슴
가득히 차오른다

이 기운으로
더욱 열심히 정진하리다

반의 반신

될 것도 같고
안 될 것도 같은
반의 반신

그것 곧
안 되는 편이 크다

시작이 곧 반이라
선과 악을 알고
업을 지을 지어다

참회도 좋고
소멸 또한
아무리 즐긴들

지어서 고치기는
만만치 않다

소낙비가 쏟아질 때
진눈깨비가 퍼부을 때

우산을 받거나
추녀 끝에
피할 수는 있지만

그를
멈추게 할 수 없듯이

운명의 굴레
업의 사슬도
그와 같으다

업의 성질이
그러하거늘

앞으로 지어질 업의
만에 하나라도
소홀하지 말지다

내가 지어서
내가 받는다

나는 무엇인가

억겁을 살아 있는

위대한
한 존재이다

반의 반신에
기대지 말지다

입이 일하는 시간

나는 긴긴 시간
입을 일 시키는 사람이다

예불 시간이나
독경을 하거나
정근을 하거나
다라니를 외우거나

항상
내 소리를 내가 듣는다

이것 일러
나는 입이 일하는
시간이라 말한다

절을 할 때도
소리내어 불 보살님을
부르기 때문에 마찬가지다

도반이 왔거나
잠깐 잠깐 쉬는 시간과
끼니 때를 일러
입이 노는 시간이라 말한다

그래서
입이 일할 때는
먹을 수가 없으니

입이 노는 시간
즉 쉬는 시간에는

먹는 것으로
눈앞에 보이는 것은
맛이 있건 없건
자꾸만 집어먹는다

습이 되기도 참 쉬운 일이다

항상 소리내어
읽고 외우고 염불하니

긴 시간 힘주어 말을 하는 격이다

그러다 보니
허기지기 일쑤이다

입이 노는 시간엔
사탕 과자 할 것 없이

눈앞에 있으면
손이 계속 일을 하는 셈이다

참 우스운 일이지요

인간 대사

나는 것
죽는 것
즉 오는 것
가는 것이

인간 대대사인데 그 진지함을

마치 비웃는 듯
조롱하는 식의 웃음으로
말하는 사람도
드물게는 있다

그건
그 사람 마음인데

그런 식의 행이
거슬림으로 들리고 보일 때

아직 나 자신을
더 다스려야 할 부분이

남아 있음을 알고
스스로 채찍하며

마음 밑바닥을
살펴보게 된다

미세하게 남은 찌꺼기
그 모두를
속속 녹여 내리라

그런 사람이 있음도
당연함을 인정하리라

이름하여
마음이란 같은 이름이지만

가진 자가 각각인데
그럴 수밖에 없음을
마땅히 인정하리라

다시 이 마음을
더욱 원만히 다스리리라

부엌 아궁이에
불을 때던 지난 시절

솥 밑바닥이 검정을 보고

검정아 불렀을 때
검정이 뭐라고 대답했을까?

영원한 나는 하나

이 세간에
둘이 없이

영원한
나는 하나

올 때
혼자 와서

어우러져
지내다가

다시
혼자인 나

이제
이대로에서

혼자
가야 할 나

오로지
정진만이

또 다른
나이기에

나란히
어깨를 겨루어

다정하게
가고 있는 나

고칠 수 없는
그대로에

영원한
나는 하나

그대 모두들 행복하소서

중생 누구나
욕심 떨치면

이미 충만이
가득 채워져

미움 보내고
사랑 모아서

번뇌 지워져
지혜 자라면

불행 밀려난
행복의 자리

점점 가슴이
따뜻해오면

마음 따라서
활짝 열리니

행운 줄지어
찾아들 오네

두 손 모으고
고개 숙이어

어깨 힘 줄고
목에 힘 줄면

세상 사람께
존경 받으며

최상 최고의
복과 덕으로

보름달처럼
원만한 행에

불평불만이
녹아내려서

마음 부자면
세상 부자요

욕심 부르는
마음 가난은

괴롬 만드는
아픈 일이죠

밝은 지혜로
마음 잘 키워

그대 모두들
행복하소서

큰 하나 속 작은 하나

살아 있어
오거나 가거나

이 하늘 아래
이 땅 위에

쓰고 남은
버려질 육신 그도

매장이건
한 줌의 재이건

이 하늘 아래
이 땅 위에

지은 바 업과대로

지혜로운 맑은 영혼도

갈 길 몰라 헤매는
중음 역시도

이 하늘 아래
이 땅 위에

우리는 사바 대해의
파도 속에 있다

그러하거늘 마땅히

하늘 아래 나이고
땅 위에 나이기에

그 모두 내 것에
지나지 않는다

큰 하나 속에
위대한 작은 나인 것이다

얼마나 소중한가
멈추지 않는 신심으로

세세생생
날 적마다

보다 더 더욱 성숙해

반야의 언덕에
이르러지이다

온갖 먹거리

내가 사다 넣지도
내가 만들어 넣지도
않는데

냉장실에
냉동실에
나 혼자의 주식 간식이
끊이지 않게 쌓인다

그대들이 챙겨다 준
온갖 먹거리

그 맛을 따라 즐기며
추호도 허실되지 않게

소중히
늘려 먹는다

그때마다
지혜를 모아

챙겨준 님들이
대 공덕주가 되기를
합장 발원한다

이제 나에겐
줄 것이라곤 아무것도 없다

단지 가진 것이라곤
마음 이것밖에 없으니

마땅히
이 마음만이라도
소중히 나누리라

나누어도 나누어도
줄지 않고

가까스로
늘어나는 이 마음

실상의 이 마음을
나누려는
상상조차 않았는데

형상의 모든 것을
다 비워버린

이제라도
이 마음 나눌 수 있음이
얼마나 다행한가

그대들이 챙겨준
숱한 먹거리로

이 몸뚱이 지탱하여
열심히 정진하리다

챙겨주신 님들 모두모두

대 공덕주가 되시길
합장 기원합니다

고맙습니다 감사합니다

우주 본연의 빛

융단에 박힌
보석 같은 별빛도

원만형으로
허공을 거니는 달빛도

점점
멀어져 가는 이 시대

인간의 힘으로
미칠 수 없는

우주 본연의 빛 그 아름다움을

외면하듯
잊고 사는 지금

밤이면

눈을 유혹하는

네온사인에
홀리듯 빨려들어

한 뜸 한 뜸
수놓은 듯한 아름다움을

항상 머리 위에
이고 있으면서도

까맣게 잊음이 된다

십대 후반
시골에서 보낸 시절

휘영청 밝은 달빛 아래서

친구들이랑
모닥불 피워 둘러앉아

옥수수 구워 먹고
콩서리 하던 옛이 그리웁다

윤회와 정진

억겁의 윤회
그 굴레를 타고
따라 돌면서

최상승의
몸을 받은 우리

다시
위대한
불법까지 만났으니

이 대단한 복력으로
진금 같은 삶이 되어

원만한
바라밀 행이

지혜롭게

수행과 정진으로 이어져

구경에는
윤회에서 벗어나

성불에 이르기까지
전전하소서

나 어린 시절

십대 때의
희미한 기억으로

육이오 전쟁 때
우리 국군이 후퇴했다가

북진할 때처럼
희열에 찬 일념정진으로

부디 모두 성불하소서

쉬어가는 마음

흰 머리에
주름살 깊어가는

물든 옷을 즐겨 입는
존경하는 님들께

드리고 싶은 이야기

한 통의 전화나
행여 반가운 소식
반가운 사람을

기다리는 그 마음도
내려 쉬어보면

만남도 기다림도
차츰 쉬어지나니

늙음의 외로움도
함께 쉬어지면서

잦던 괴로움이
저절로 쉬어집니다

이런 것이
수행자의 원만행이며

벗어나지 않는
덕목이 되겠지요

여지껏 수행함을
한 생각 한 마음

흘려보내지 않고
보름달과 같은

원만행이 되면
쉬어가는 그 마음이

점점 자랍니다
점점 키워집니다

남은 생은 마땅히

스스로 괴로움 떠나보낸
충만한 보금자리가

행복을 약속하겠지요

부디 마지막 그 날까지
행복하시길 기원합니다

나의 금생에서 내생까지

더 바랄 것도
더 구할 것도
더 채울 것도 없는

남은 생을 이대로 보내고

이젠 여법한
다음 생이

기다림이고
바람이 되며

구함이자
채움이니

금생의 남은 삶을
더욱 원만한 행으로

모자람을 채워야 한다

차분히
청정으로

마땅히 한 생각
새어나지 않는

여법한 삶이 절실하다

만사 만행을
항상 마음에 담아

그래도 행여
잊을 세라

순간 순간을
순찰하듯 돌아보며

충만한 다음 생을
맞을 때까지

마음 안에

합장한 이 두 손 풀지 않고

여법히 가려는 마음
일 진행하리라

일념 정진하소서

오늘도 가고 있다

아니 지금도 가고 있다

어디로
내일로 미래로 내생으로

더 쉽게는 죽음으로

하지만
육신은 죽어도
마음은 죽지 않아

새 옷을 갈아입듯

다시 새 몸으로 바꿔 입으니

마음은 그 마음인데

알지 못할 뿐이다

서둘러 채찍하여
마음 다스릴지면

속속 선업이 지어지면서

자연이
업이 바뀌는 삶이 되어

선취에 이르리다
일념 정진하소서

오늘의 나의 삶

지하철 엘리베이터가
우리집 대문이다

누가 오던지
날 찾아온 사람은

반겨맞아
떠날 땐 반드시

엘리베이터 앞에서
포옹하고 배웅한다

도반이나
자식들이나

차를 가져오지
않았을 때는

엘리베이터
안에서 밖에서

서로 합장으로 인사하고

다시 바른손을 들어
흔들며 보낸다

잘 가 또 와
얼마나 정겨운가

보는 이들의
부러운 눈빛을 받으며

이렇게
반기며 즐기며
사는 보람으로

맑고 밝은 기운이
가까스로 넘쳐난다

생각만으로
몸짓만으로

이룰 수 없는 아주 작지만

살아 움직이는
아름다움이죠

그 속에 한 사랑 가득 담겨

바람을 거슬러
사방 팔방 상방으로

널리 멀리 번져가네

사바 대해

드높은 하늘 아래
사방 팔방 상방으로
가 없는 허공 속

넓디넓은 땅 위에
옹기종기 모여 사는

이곳을 이름하여
사바 대해라 부르나니

이런 저런 세파 속에
갖은 환란 끊이지 않아

지구를 삼킬 듯 거센 파도며
그 아닌 비단결 같은
미세한 파도에 이르기까지

온갖 세파 속에

우리는 살고 있으면서

오늘을 서둘러
내일을 약속할 수 없는
삶이란 그 속에서

오늘 가고
내일 가서
미래 오니

금생은 멀어지고
내생은 가까워지네

우리 올 때
무엇을 가져왔던가

우리 갈 때
무엇을 가져갈 것인가

항상 방심 내려
자신을 살필지다

욕심부려본들

두고 갈 것이 뻔한데

본래로 청정한
백옥같은 그 마음에

왜 검정칠을 할 것인가

<u>스스로</u>
선연공덕 쌓아 모아

허공 속에
십선탑이 늘어나면

사바 대해 거센 파도도
감히 밀지 못하리라

한적한 토굴

세상 넓기는
무한하지만

두 눈 감고도
찾을 수 있는

도심 속 드문
한적한 토굴

그 아닌 무슨
다른 이름이
붙여지겠나

잘 찾았노라

이토록 멋이
넘치는 도량
행복한 곳이

애써 찾은 들
어디 흔할까

상가 뒷골목

짙은 어둠이
깔려올 때면

심심계곡이
되는 이곳에

교통과 상권
고요까지도

부족함 없이
잘 갖추어진

이 도량에서

깊은 꿈속에
잠꼬대처럼

정진을 하며

호흡을 멎는

순간이 되길
기원하면서

지금 머무른
이곳에 무한

감사하면서
오늘을 산다

이미 늦네

날이가고
달이가고
해가가니
세월가서

너도오고
나도와서
너도가고
나도가네

인생무상
무상이라
공부하지
않으면은

먹고입고
입고먹는
그것쫓아

제일인줄

공덕쌓아
모으기는
속절없이
멀어지네

하루이틀
가는날이
쏜살처럼
빠르나니

죽을날에
당도하여
후회함은
이미늦네

선연공덕
복과지혜
쌓아모아
내생준비

우리인생

가는길에
마땅함이
아닐런가

지어모인
복과덕을
나누면서
살다가세

유용하게
쓰고가면
다시맞는
생에서도

세세생생
그복덕이
구족하게
이어져서

무량복을
누릴지니
잊지말고
행하소서

행여라도
잔소린듯
허튼생각
하질말고

생각생각
마음속에
담아두고
행하소서

아미타불

텅빈 자리

스스로 너무나도
가벼워진 삶으로

잡힐 것도
걸릴 것도
묶일 것도 없어

날개 달린 이 마음

비록 날지 못해도
날을 것 같은 마음

어느 누가 감히
흉내 낼 수 있으랴

내가 만든
나의 삶으로
이 세간을

눈 아래로 굽어보며

감히 내려놓을 수 없어
항상 받들며 산다

바깥세상마저
잊음으로 가니
한가롭기 그지없네

이 모두를
내가 지어 내가 가진

실상의 보물들이라

나 자신이
더없는 감사함으로

바다처럼
허공처럼
넓히며 간다

아들이랑 며느리랑

쉬는 주말이면
장남 내외와
나들이 길에 오른다

집안에서만도
신심의 큰 발판으로
심심찮은데

갇혀 있다는
마음 때문인가

종종 함께 나선다

대교를 타고
바다를 건너
도심을 돌아서

다시 바다를 끼고

곳곳 시골 풍경까지
갖갖 삶의 모습을 보게 된다

기장 차 능에도 들려보고
해동 수원지를 돌아

여지껏 못 가본 곳을
가볼 수 있는
좋은 기회이기도 하다

나가면 보통
다섯 시간쯤 소요된다

집에 들어오면
기분전환으로

밀린 정진은 저절로 된다

그러기에
요즘 젊은 세대들
마땅히 바깥나들이
즐길 만한 것이다

오늘도 한 바퀴
잘 돌고 왔다

휴게소에서 간식은
오뎅 커피로

점심 공양은
단팥죽에
들깨 찹쌀 옹심이로

맛있게 배불리 먹고
남은 것은 싸가지고 왔다

첫째야
자원심아 고마워…

보시 인욕 정진

이세상에
태어날적

다행이도
사람몸을
받아와서

부처님을
만난인연

두손모아
감사하며

구구절절
시린사연

받아들여
끌어안고

빙산같은
겹겹업을
녹여내어

생각생각
일심으로

보시하고
인욕하고
정진함을

구름태워
허공으로
띄워보내

삼삼오오
짝이되어

송이송이
연꽃으로
피어나서

사랑노래

희망노래
행복노래

끊임없는
옹아리로

허공속을
채워가네

나도따라
아미타불
아미타불

병신년을 보내며

일년 열두달
삼백육십오일

오늘이 그 마지막 날이다

나 이렇게
여든 번이 스쳐간

먼 세월 동안을 살아왔다

팔십성상 그 속에
늙음만이
내 것으로 남아있다

무상이 진정 무상임을
절절히 느낄 뿐이다

이것이 삶이란 터전

사바 대해의
전부인 것이다

맞으며 보내며
웃고 울고
짓고 부수며

엄연히 법이 있음에도
법을 넘어선 삶도
숱하게 있었으니

그에 따라
선악이 각각 자란다

선을 지어 누굴 주며
악을 지어 누굴 주랴
그 모두 자기 것이다

한생의 충만을 위해
욕심이 장벽을 뛰어 넘어

뜨거운 가슴은 식어
얼음장이 되고

가없이 청정한
그 마음이 오물탕이 되면

어느 때에
본래의 청정을 찾으리요

여러 생을 탕진하는
삶에서 벗어나

따뜻한 가슴은
더 따뜻하게
넓은 마음은 더 넓게

보다 맑고 밝아
일체중생 모두

청정한 삶이 되기를
합장 기원하며

다시 한 해를 맞는
가없는 마음을
이렇게 열어본다

무상보리

게으름과
핑계들을
지체없이
몰아내고

보시하고
염불하며
정진하고
수행하여

쌓은공덕
곳곳마다
아낌없이
나누면서

너와나가
평등하여
풍요로운

삶이되게

서원발원
아끼잖고
환희롭게
살고가세

마음열고
사는이는
한생각에
가슴틔고

마음닫고
사는사람
생각생각
숨막히네

근기따라
이마음을
여닫을수
있사오니

높은근기

키워내면
그공덕이
충만하리

세상것을
다가진들
빈손와서
빈손갈때

무슨소용
있으리요
안타까운
삶일지다

열어놓은
그마음은
세세생생
날적마다

무상보리
일구어져
무한행복
누리면서

하늘가를
따라돌듯
실려오는
무한기쁨

저법계와
허공계에
아낌없이
회향하면

가꾸어진
무상보리
곳곳마다
풍성하리

자랑스러운 임종발원

생각 생각 내가 세웠던
대서원 앞에 감사한다

대발원이
실상엔 이르지 못했어도

아끼고 사랑하던
내가 가졌던 모든 것을

쫓아내듯 몰아낸
지난 순간을 생각하면

실재가 아닌 드라마 속의
대본을 따른 듯하다

마음에 담고 있던 모든 것을
완벽히 해낼 수 있었던

기적같은 기회를
대단한 행운이라 생각한다

생에 한 번 만나기 어려운
소중하고 값진 흐뭇함으로

내 삶의 작은 불빛이라도
마음껏 밝힐 수 있었던

인연의 만남이 되어준
임종발원의 힘으로

망설임 없이 용감하게도
행할 수 있었던 매사에

두 손 모아 무한히 감사한다

만오년간 천팔백날을
어느 하루 빗나가지 않은

그 큰 마음이 아니었다면
그 마음에 담았던 일들을

감히 어찌
매듭지을 수 있었으랴

막연히 죽음 앞에
이르러서는 이미 늦은 때다

일상 속에서 바라밀행으로
남다른 기쁨을 누리며

임종을 서원했던 그 큰 힘이
지금의 나를 낳은 것이다

이 세상 사람들
미루고 늦추다 무산되는
일이 얼마나 많은가

만리장성처럼
마음성을 쌓으며

희열에 찼던 그 세월 동안

뜨겁던 가슴
열어놓은 그 큰마음께

스스로 합장 삼배를 내리며

그 모두를 임종 발원의

불가사의
불가사의
불가사의한

가피임을 확연히 믿어 감사한다

마음

마음의
오묘함을
다시 느낀다

한 생각 일어남을
어기지 않는
대단한 힘이
이렇게 큰 줄이야

일상에서 늘
이 마음행을
존중하곤 있었지만
다시금
그 힘을 알게 된다

정견엔
한치의 거역도
하지 않던 마음

비켜간 서원 앞에서도
굳건히 새로운 각오에
합류해줌이
나 자신도 놀라웁다

항상
이렇게 저렇게가
나의 법이었었다

무너진
서원 앞에서도

이렇게도
편안하게 내려진 마음

더욱 잘 다스리며

보리 심어
보리 가꾸어
보리 수확하리다

아미타불

어머니 아버지

어머니 우리 어머니
아버지 우리 아버지

날 낳으시고
길러 주셔서

이 세간 법에
물들지 않음으로
늙어감을

새삼
어머니께
아버지께
감사드립니다

젊은 시절
세간 지식이 부러워

늘 아쉬워하며
보낸 지난날들…

어머니
아버지

지금은 그 아닌
충만으로 넘치옵니다

인간의 욕심이
하늘을 치솟아도

저에겐
그 아니옵니다

오직
충만이 가없을 뿐입니다

어머니
아버지

낳아주시고
길러 주신 은혜

지금 다시
감사드립니다

어머니
아버지
사랑합니다

더욱 부지런히
정진하겠습니다

맏딸 두 손 모아
이 마음 올립니다

다시 만난 생

제2의 인생
좀 다르게
보내야지 않을까

세간 사람들 따라
바쁘지 않은 일상으로

그 성과만은
풍성하리다

내게 주어진
참 뜻을 알고

행함에 게을리 하지 않으리다

나만의 길
나만의 터전에서

부지런히 정진하리라

이제 큰 서원의
아쉬움 그도

깡그리채 저 하늘가로 띄워보냈다

태산이 높다 하되
하늘 아래 뫼이로다

오르고 또 오르면
못 오를 이 없건마는

제 아니 오르고
뫼만 높다 하더라

내게 있는 것 모두
적절히

나누고 줄이어
비워낸 자리에

실상의

수행을 쌓고
정진을 쌓으며

마땅히
무상도 함께 쌓아
견고히 지니면서

이대로
다시 만난 생인
다시 태어남에 여한없이

뿌듯한 가슴 안고
환희 정진하리라

나무 불 법 승

하나 속에 모두

오매일념 불타던 신심
지금도 그대로
고삐만을 돌려
느슨한 나날이 되어

지난 마음 여의고
정말 내 마음을 내 마음대로

쓸 수 있는 마음임을
찬탄하고 싶다

인간의 약
세월의 약이 필요치 않은

내 마음께
두 손 마주 고마워하며

내 모든 것 다 바쳐

사랑한다 말하고 싶다

어떻게 생겼는가 알지 못해도

마음아 내 마음아!

뜻에 따라 무한히 쓸 수 있어

번뇌도
미움도
탐욕도

다 띄워보내 버린 내 마음아

더 열린 가슴 안고
더 열린 마음되거라

자랑스런 내 마음아

내 사랑 사랑으로
더 큰 사랑 되거라

하나 속에 모두

모두 속에 하나

가도 못 가는 길
못 가도 가는 길

나서도
나서지 않은 길

나서지 않아도
나선 길이 되느니라

욕심

한껏 부려봤자

순간의 작은 이익으로

큰 행복을 앗아갈 뿐이다

괴로움의 씨앗

불행의 씨앗이 될 뿐

영원으로 이어지지 않는다

사소한 욕심이 순식간에 자라

잡초처럼 무성하면

뿌리만 더욱 튼튼해진다

삼가 욕심을 아껴

귀를 기울였다가

그가 떠난 자리에

지혜의 큰 문 자비의 큰 문을

활짝 열으소서

그 큰 문으로

욕심을 밀어낸 행복이

너울너울 춤을 추며

찾아들 오리라

염불

나무 아미타불
나무 아미타불

가는 세월에도
오는 세월에도

아미타 부처님을
실어 보내는 마음

어깨를 들썩이며
흥겹게 즐겁게

나무 아미타불
나무 아미타불

오는 세월에도
가는 세월에도

법계와
허공계로

실어나르는
염불소리

행복한 나날이
기약되는 소리

그가 지나가는
곳곳마다

나무 아미타불
나무 아미타불

오는 생 가는 생

바로
지금

이 육신을
벗는다면

지금
이 순간부터

어제도
그저께도

그 모두는
전생이 된다

전생이
저 멀리 있지 않아

한 생각
잘 다스려 살면

오는 생도
가는 생도

자국 자국
선업이 쌓일 것인데

역으로
그렇지 못하면

그가 스쳐가는 곳곳
세세생생마다

자국 자국
악업이 쌓일 것이니

순간 순간을
소중히

생각 생각
정견에 머무르면

오는 생
다시 맞는 생에

악업이
따르지 않으리니

한 마음
법다히 다스리소서

약

먹지 않아도
주사하지 않아도

마음의 약
세월의 약

다양한 진리의 약들

욕심을 버리면
괴로움이 밀려나는 약

불행을 달래면
행복이 되는 약

미움이 사라지면
사랑이 되는 약

배려하고 베풀면

자비가 되는 약

나누면
기쁨이 되는 약

용서하면
용서받을 수 있는 약

이 밖에도
심신을 치유하는
방편의 약들이

그 수를 헤아릴 수 없으니

겸손하여
나서지 않는 이 약들로

우리는 마음껏
행복한 삶을 누릴 수 있다

이처럼 다양한
약의 효험으로 인연하여

우리는
행복을 영위하는

위대한
존재가 될 수 있다

얼마나 복된가
감사하며 살아야지 않을까

인연의 굴레

잊혀져 가던 도반

문자를 보내봐도
답이 없길래

인연이 멈출 때가
되었나 보다

이젠 잊어야지
마음 굳히는데

그 아니게도
오랜만에 연락이 와서

깜짝 놀라리만큼
반가웠다

한 번 오겠다는 말이

너무나 고마웠다

언제쯤 오려나
날마다 기다려야지

잊혀질 듯
놓아질 듯

가물가물
멀어져 가도

기다림이란
인연의 굴레를 굴리며

기다려야 하는
인연의 소중함이

다시금
귓가에 쟁쟁거리며

가슴 깊숙이 묻힌다

높고 낮은 세파

실상의 작은 수레인
시간에 실려

실상의 큰 수레인
세월을 타고

잠시 잠깐을
멈추지 않고

곧바로
종점으로 가는 길에

높낮은
세파를 오르내리며

울고 웃는
삶의 터전에서

진정 버리고
가질 것이 무엇인가

진리의 대도를
만나기까지

그 행로는
아득하기만 하죠

하지만 큰 하나 속
나를 알게 되면

자기만의
하나가 아님을 알고

그를 따르면
마음 편안하리다

부디 집 애착의
속박에서 벗어나

풍요로운 삶에
이르러지이다

어지러운 인간사

어쩌다
바람결에 들리는 소리

어지러워
빙글빙글 도는 듯하구나

좀 안정이 되려나
기다리던 마음이

강진을 만나
무너져 내리는 듯

세간 속의 움직임이
마치 드라마 같으니

혹여 드라마를
현실화한 것은 아닐까

하늘이 무너져 내려도
인간의 본성이

제 자리를 지켜야지 않을까

계층의 흥허물이
나름대로 조금씩이라도

줄어들었으면 하는 마음 간절하다

바람결에 들리는 소리에
명상으로 바라보는 마음

몹시
가슴 아파온다

수행

지루함도
지루하지 않음도

기다림도
가다리지 않음도

스스로 잘 익히면
그 모두 수행 아님이 없다

일상 속의 만남들을
순으로 다스리면 수행이요

역으로 다스리면
괴로움의 몫이 되기 일쑤다

수행이란 도도하게
기다리고 있는 것이 아니다

일상 속에서
보석을 보석으로

티끌을 티끌로
온전히 가려낼 수 있어

실상으로 옮길 수 있음이
진정 올바른 수행이리라

맑은 하늘에
구름이 떠놀고

숲속에
새들이 우지지고

들꽃 속에
벌나비 찾아듦을

우리 일상의
수행으로 보면 마땅하리다

얼마나
티 없이 평화로운가

다듬고
가꾸지 않아도

본래 그대로에
얼마나 아름다운가

이것이
진정한 수행이리라

스승과 제자

넓은 하늘 아래
넓은 땅 위에

스승도 많고
제자도 많으니

참신한 스승
참신한 제자가

어떤 스승
어떤 제자일까

스승이
스승이기보다

제자 스스로
스승됨이

더욱 마땅하리라

억천 가르침에
백천 배움이면

억천 가르침이
백효약이 못 되거늘

백천 가르침에
억천 배움이면

제자 스스로
스승이지 않을까

스승보다
나은 스승은

제자 스스로
스승인 것이리라

그 스승도
지난 제자 시절

제자 스스로
스승이었을 것이다

수많은 제자 중에
스스로 스승이었던

그런 제자가
몇이나 있으랴

훌륭한 스승 곧
훌륭한 제자였으리

꿈

세상만사
찰나 찰나가
꿈이요

남도 꿈이요
머무름도
꿈이요

감도 꿈이요
꿈 역시
꿈인지라

오늘 하루
그마저도
긴 꿈일 뿐

나날이
나날이

꿈으로 이어진 한생

그 꿈을 잡고
아웅다웅
살고 있는 우리

꿈속에서
형상만을
꿈꾸기보다

실상의 꿈을
꾸어봄도
바람직하지 않을까

지금 나 역시
꿈속에서
꿈 이야기 함일세

지금 이 시간도
오는 시간에서는
꿈이 될 뿐이다

다겁생을

꿈으로 와서
꿈으로 감이니라

꿈에서
깨어남 그도
역시 꿈이니라

늦가을

장남 내외와

산성을 넘어
낙동강 하구

태종대와
송도를 돌아보고

영도 앞
바다 위를 돌아서

광안대교를 타고
네 시간여

바람 쏘이고 왔다

앙상한 가지에
주황색 감이

주렁주렁
매달린 채

가을은 점점 깊어가고

푸르던 잎새들은
계절의 조명으로

바쁘게들
물들여 가는데

곳곳에
억새꽃은 만발하여

늦가을을 서둘러
장엄하고 나섰다

조용조용
소리 없이

계절은
잘들 오고 가네

병신년 정초가
엊그제 같은데

정유년이
대문 밖에서 기다린다

이렇게도
빠른 세월 앞에

무엇을
어떻게 살을까

잘 사는 척 했는데도
쫓기는 마음 되네

네 명의 자식들이
다다음 해부터

줄줄이
환갑이 줄서 있다

이 어미
너무 오래 산 것 같아

조금은 불편하다
오직 하나

다들 건강하기만을
바랄 뿐이다

장남네 집 근처에서
저녁 공양하고 돌아왔다

구름처럼

내 이 마음을

허공 속에
구름처럼 띄워

아래 세상을
명상으로 두루 보니

출렁거리는
세상 파도 속

각계각층의
각각 등 삶이

한눈에 모여든다

선악의
업을 지음도

복과 덕의
공덕을 쌓음도

영상처럼 펼쳐진다

저마다의
근기대로

쌓여가는
나날들이

다음 생
운명의 대가임을

아는지
모르는지

순간의
이로움만에

기뻐함이
대다수이다

미래의 영글음은
생각조차 잊은 듯

그대들이여

오늘을 닫으면
내일이 열리듯

금생을 닫으면
내생이 열리나니

부디 오늘에
소홀하지 마소서

막바지 나의 삶

시간 가고
세월 따라 가니

백발 오고
죽음 오네

내게
스쳐간 인연들

다 기억할 수 없어도

나에게 맞추기보다
내가 맞춰줌이

더 값진 삶임을
여실히 행하려

온 정성 다하는

막바지 나의 삶

세상 파도
억세어도

나를 일러
탓하는 이

거역하는 이
아무도 없는

느슨한 삶에
스스로 만끽하며

보다 더
풍요로움으로

남은 삶을
영글일 걸세

세세생생토록

불연 지어

맞으며 살리라

불 법 승

삼보에
귀의하여 살리라

삶의 큰 그릇

입동을 앞둔
억새꽃

활짝 피어
춤추는 계절

그 향기
광활한 허공 속으로

내닫는 풍요로움에

들판도
산천도

막바지
단장으로 아름다워라

오곡백과

무르익어

거두어들이는
풍성한 계절

삶의 큰 그릇 속은
대자연의 조명으로

여여하기만 한데

삼라만상이
멈추어 있지 않음은

보내고
맞아야 하는

진리의
철칙 때문인가

따라서
나도 가고

너도 가야만 하는

원칙 때문인가

아!
무상 무상이로다

큰 사랑 큰 장애

가족 사랑
이웃 사랑

나라 사랑으로
큰 사랑 되어

풍요로운
삶이 되기까지

각자 치열한
욕심의 마장을

완강히
이겨야지 않을까

한 생각 욕심이면
일만 장애가 따르나니

사랑에도 장애요
배려에도 장애요

지혜에도 장애요
베풂에도 장애요

행복에도 장애요
인격에도 장애요

공덕에도 장애요
품위에도 장애요

미덕에도 장애요
나눔에도 장애요

겸손에도 장애요
자비에도 장애요

선행에도 장애요
보리에도 장애요

심신에도 장애되고
신심에도 장애되니

어쩌랴

마땅히 한 생각
자비로 돌아서면

뻗어 내린
욕심의 뿌리들도

순순히
거두어질 것이거늘

그대 한 생각
물러서지 마소서

일만 큰 장애 곧
큰 사랑에 굴하리라

온갖 짓궂은 장애의
터널을 빠져 나와

대명천지
밝은 세상 만나

일체가 원만한 행이면
만만 충만이 누려지리다

들꽃 사랑

오고가는
길녘마다

미세하여
이름조차

알수없는
들꽃들이

옹기종기
피어앉은

그중에도
대표적인

민들레에
이르도록

심어가꾼
수고조차

스스로들
비켜나서

자리잡고
앉은모습

대견스런
그자태에

가즈런히
정겨웁게

이두손이
모아진다

맑고고와
티없음에

애잔함이
잔뜩실려

숨소리도
죽여지네

아름답다
그한마디

예쁘다는
그말조차

머물머물
삼가진다

넓은땅에
가녀림을

가슴으로
품어안은

귀여웁다
아름답단

그마음이
보이던가

생긋방긋
웃어주네

실바람에
실린향기

도란도란
사랑노래

부르면서
풍겨가네

이가슴에
사랑사랑

들꽃사랑
새겨담아

나도또한
더큰그릇

보다더큰
법력되게

사랑노래
따라불러

부처님께
바치오리

아미타불
아미타불
아미타불

나 이 세간에 왜 왔을까

알게 모르게
지어져 얽힌

업과의 인연들을
고리 고리 가려내어

풀고 가려
왔을 것이다

악한 마음
내려 쉬고

선한 마음
펼쳐 놓고

남은 업을
보따리채 풀어

샅샅이
풀고 가려고

다행이도
이 세간에 올 수 있었던

그 인연에
무한히 감사하면서

다 풀지 못해
남은 업으로

서원의 빗나감을
가슴으로 받아 안고

억겁의 남은 업을
마땅히 가려내어

기꺼이 풀어내리라

옴 살바 못쟈모지
사다야 사바하

우리는 위대한 존재

분명 달력을
한 장 한 장 넘겼음에도

어느 날 몇 장을
함께 넘긴 듯한 느낌이

세월이 이렇게도
빠름을 보는 순간이다

지난날을 돌아보니
가신 님들이 떠오른다

오면 가야 되는 길
와서 가는 길을

사람 사람이
다 가지고 있다

와서 가지 않는 사람
와서 못 가는 사람은

그 어느
한 사람도 없으니

무시 이래로
다른 길은 없나 보다

대지에는
새 길이 날로 늘어나고

바다에도
뱃길이 늘어 열리고

허공에도
항로가 늘어 생기는데

인간이
와서 가는 길은

왜 새 길을
만들지 않을까

왜
만들지 못할까

대우주의 길에
손 쓸 수 없듯이

소우주의 길 역시
손 쓸 수 없나보다

그런즉
사람이란 존재가

우주와도
똑같은 존재이니

얼마나
거룩하고 위대한가

함께 마음 모아
너만이 나만이 아닌

우리 모두가
다같이 누릴 수 있는

더 큰 행복을 위하여
어깨들 겨루고

이 위대한 존재를
만만세에 누립시다

세세생생
억만겁토록 누립시다

따뜻한 가슴 문 없는 마음

위로 푸른 하늘
아래로 푸른 바다

중천에 푸른 산천
이 아름다운 산하에서

땅 위엔 높낮은
칸칸을 만들어

그 속에서 갖갖
삶이란 터전을 일궈

희로애락으로
생로병사를 맞으며

세세생생
날 적마다

행 불행을 앞세우고 와서
함께 안고 살다가는

삶이라는 큰 그릇
그 속에서

얼마나 잘 살고 가느냐가

새 운명의 맞춤식이 되니

곱게 나도 다치지 않고

너도 해치지 않으며

배려와 베풂으로써

폭넓은 사랑을 나누며

그 따뜻한 가슴으로

하늘가처럼 평화롭게

열린 문 없는 그 마음

그 아름다운 삶으로

번뇌를 지혜로
키워낸 지혜

인욕으로 자비가
자란 자비

미움으로 사랑을
영글인 사랑

이렇게들 다양함이
가슴으로 저며 들어

큰마음으로
두루두루 번져

더 따뜻한 가슴
더 넓은 마음

항상 열려 있는
문 없는 마음되어지이다

미덕

세상 파도가

조금은
잔잔하기를

기다리는 마음은
점점 멀기만 하다

자연의 순리인
들물 날물을

막을 수 없음은
당연하지만

하늘 높고
허공 넓은 줄 모르는

숨 막히는

계층의 욕심들이

스스로들
알아차리기 전에는

이 세상이
달라질 수 있겠는가

갈수록
먹구름은 짙어 오고

오염의 농도는
점점 높아져

대소변을
못 가릴 정도로 간다

지옥이
두렵지 않아

한 생에서
모든 욕락을

양껏 채우려는
무지에서

깨어나기는
손가락으로

하늘 견주기가 아닐까

마음들은 본래로 청정한데

생각의 차이가 천지 차이라

어찌 평온의 미덕을 기다리랴

쇠똥구리와
개미들이

사는 모습에서
태고로

본래의 진리를
배워야지 않을까

우리 모두
일심정진으로

사람 중에 사람인
부끄러움 없는

밝은 미덕을
충만히 갖추어지이다

세상 파도

출렁거리는
세파 속에서도

불법 인연
구족하여

진리 속에 머문
대 행운으로

지혜와 자비
사랑으로

나누고
또 나누어도
줄지 않아

욕심 부릴 일
추호도 없네

형상에서
벗어나

실상으로
다가가니

집 애착
탐진치
번뇌망상

밀어내지 않아도
스스로들
물러가네

선악이
멀리 있지 않아

일상 속에
함께 있거늘

선과 악을
가릴 수 있는

대권자인
복된 우리

출렁거리는
세상 파도에

말려들지 마소서

선과 악이
실상의 귀를 세워

실상의
밝은 눈으로

자기 동반자를
찾고 있나니

부디 한 생각
늦추지 마소서

기적이
울지 않아도

뱃고동 소리
들리지 않아도

한 순간에
선악의 자리로

실어 나른다오

악의 자리
가서 돌아 나오기

지극히 어렵거늘
아니 감만 못하리

일념생각 선업으로

좁은마음
넓게열어

진참회로

모든죄장
무너뜨려

다소라도
남은생을

선업으로
충만함을

채워가세

일념생각
선업으로

다시지어
쌓은공덕

복과덕을

저해할수
없는것이

진리중에
진리라네

욕심채워
탐욕으로

저지른일
세월가서

후회한들
때는늦네

뜬구름이
지나가듯

이내일생
마칠것을

천년만년
살것처럼

그욕심에
휘말리어

오는날에
받아야할

억만고통

누가대신
받아주랴

백겁적집죄

일념돈탕진

여화분고초

멸진무유여

죄무자성
종심기

심약멸시
죄역망

죄망심멸
양구공

시즉명위
진참회

업의 바른 길

스스로 주워 담은
업의 바른 길

전생에
지은 업을 허물고

금생의
충만을 누릴 것이 아닌

전자의 업을
받아들여 다독이며

내생의
새로운 업을

선업으로
지을 것이다

진리 곧
불법의 진수이다

이미
지어진 업을

엎지르려 함은
곧 역리요

지금 바로
선업을 지음이 순리이다

속속
미혹에서 벗어나

나만이 아닌
일체 중생 모두

지금 바로
이 순간에 이어져

순리의
업행에 이르시길

두손 모아
간절히 발원하옵니다

업이란 것

선업이던
악업이던

우주 본래의 법으로

인간이 만들기 전의 법인
추호도 부정없는

그가 곧
실상의 법이옵니다

이젠 마음이 몸을 따라

내 아흔의 밑자리
궁금함도 떠밀리고

보는 것도 삼가하고
듣는 것도 삼가라고

눈도 침침
귀도 멍멍

그 모두는
다행함을 부르는

나의 미덕이리라

새벽예불 시간도 늦추어
기준은 다섯 시지만

몸이 없이

행할 수 없으므로

이 육신에 맡겨두니
그마저도 편안하다

하지만 사십성상
조복된 육신임을

스스로도 아는 듯
잘 챙기곤 한다

이제 이곳저곳
찾아 나섬을 멈추니

긴장할 일 아예 없어

시간을 붙들어 맬
바쁨도 사라져 버린

마치 해방된
민족과도 같음을

누리는 기쁨으로

에워싸여 오늘을 산다

있는 대로 다 나누어
더 나눌 것도

다 버려
더 버릴 것도

다 줄여
더 줄일 것도 없어

이대로 이어진
가벼운 나의 삶으로

여한 없이 살리라

조금은 몸을 늦추어

마음이 몸 따라 살리라

도 찾아 해탈 찾아

고귀한 불연으로
탐진치 여의오니

충만을 누림으로
오늘을 살아가는
이마음 편안하네

구함이 있을진대
이처럼 편할소냐

해탈이 따로있나
이것이 해탈이다

세상것 내것이니
무엇이 모자라랴

넉넉한 이마음이
나에게 둘이없는

도이며 해탈이다

칠보로 지은집에
살아도 구하는것
있다면 그것바로

무거운 탐심이죠

가벼운 구름처럼
한생을 살고가면

오는생 복과덕이
그대로 이어져서

한생각 쉬어가는
편안함 만날텐데

도찾아 해탈찾아
강건너 산을넘어
헤맴은 형상이요

그림에 떡이될뿐
강건너 불이로다

마땅히 그마음이
도이며 해탈인데

느긋이 마음쉬어
편안함 누리잖고

애타게 방황함은
역리를 따름일세

나지금 여기까지
서원의 발원으로
임종을 키워왔던

나만의 특유행이

이토록 진보물인
도이자 해탈이며

실상의 무덤속을
파헤쳐 보게되네

마하 반야 바라밀

어슬렁 어슬렁

한 시간여
새벽예불이 끝나면

이불 속으로
다시 들어가

엎드린 자세로
한 줄 한 줄

또 한 줄 또 한 줄
써 내리는 즐거움

말할 수 없이
말할 수 없는

이 큰 즐거움을 안고
어슬렁 어슬렁

쫓기지 않고
바쁘지 않게

보다 멋이 있고
보다 보람 있는

나의 일상으로
심신이 미소로 받아들일

나날이 좋은 날
나날이 더 좋은 날 되어

사십성상 이어진
굳건한 신심으로

어슬렁 어슬렁
힘들지 않게

마음도 기쁘게
육신도 기쁘게

운전할 것이다

하지만 나의 하루

빽빽하기만 하단다

보다 큰 즐거움이

그 속에 숨어 있다

둘째네

어느 날
둘째 며느리에게

너의 집에
가보고 싶다고 한 말을

서울을 왔다갔다
바쁜 와중에서도

잊지 않고
우중에 데리러 왔다

고마워하고
따라 나서 함께 가면서

일요일엔
늦잠 자고 그럴 텐데

조금은 미안했지만
그래도 한결 흐뭇했다

점심 공양으로
약선 한식집에서

수수 열 가지 음식으로
배불리 먹고

남기고 돌아와
후식으로 즐거운 시간

수연 민경
두 손녀에게

여러 차례
끌어안기면서

재미있게 놀다왔다

며느리도
아들도

포옹하고 악수하며
즐거운 하루

올 땐 아들이
데려다 주었다

핵가족 시대가 된 지
퍽 오래인

지금 이 시대에
그래도

대가족 사랑으로
알뜰히 영글음에 애쓰는

두 아들
두 며느리에게

더없이 감사하는
내 이 두 손

가슴 앞에
고마움을 보낸다

비켜간 그 날을 돌아보며

굳건했던 일념의
나의 서원이

여한 없이 이루어져
만약 빗나지 않았다면

10월 12일

마땅히 꼭 닫힌
아주 작은 방에

편안히
아주 편안히

가까운 사람들의
배웅을 받으며

춤추는 불꽃 속에서

함께 춤을 추며

홀홀 타서
한줌의 재로 뿌려지고

육신 보낸
마음 그는

가벼이 새 인연으로
이어졌을 텐데

미루어진 그 날을
다시 기다려야 할

아쉬움으로
한 가슴 차올랐다

큰 서원 큰 발원으로
보낸 오년이란 세월 뒤에

묵묵히 또 다른
발원으로 이어지면서

비켜간 그 날을 돌아볼 때
순간의 허탈함이

산덩이처럼
버티고 있었다

하지만
지금은 그 아닌

명주솜처럼 가벼운 나날이다

한생의 아름다움

우리 곱게
늙어가는 모습

주름살 사이에
미소가 머무르고

주름살 사이에
사랑이 머무르고

주름살 사이에
행복이 머물러

흰 머리
주름진 얼굴에

가슴에서
마음으로 번져진

평화로운 모습
그야말로

한생의
잘 삶의 증표로

얼마나
아름다울까

수행이란 그것
정진이란 그것

즉 도란 그것은
그 근기가

한 생각을 거쳐
가슴을 새어나와

마음으로 번져
행으로 옮겨놓아

말로 옮길 수
있어야지만

단 한 사람만이라도
제도할 수 있는

힘이 되는 것이다

도란 절대
자기만의 것이 아니다

아름다운 생각
아름다운 마음

아름다운 모습에서
풍기는 그 아름다움을

보여줄 수 있고
옮겨 놓을 수 있어

이 땅이
평화로운 불국정토로

만세 만세 만만세에
이르기를 서원할지다

내일로 가는 나

다시 태어남으로
이어진 나의 삶
조금은 달라진다

내가 가지고 있는
이대로에 충만으로

맛을 찾아
불도량을 찾아
나서지 않는다

좁은 도량에서도
무료하지 않을

나의 비결은 무한하다

다양한 염주알을
가지고 노는 그외에도

화엄경
금강경
미타경
지장경
법화경 등

경장을 넘김이

저 허공
저 하늘가를 맴돌며
두 손으로 잡은 듯

가슴에서
빼어나는
환희의 나날에

보태진 또 하나
장남 내외가
챙겨준 예쁜 녹음기

실상을 지으며
놀기에
안성맞춤이다

이렇게들 늙음을
지루하지 않게
외롭지 않게

즐기며 보내는
다양한 비결이 있어

날마다 행복이 잔뜩 실려간다

다시
미래로 가는
행복을 쌓으며

새로움으로
환희에 찬 오늘마다
지혜를 키우며 간다

매화

엄동설한
살을 깎는

극함을
견디며

대망의
꽃망울을

영글여 온
그대

이른 봄
영상 십도를
기다려

그 몸을
터뜨리는

그대 매화!

당신의
용맹스러움이

마치
선정에서

깨달음에
이른 듯함을

바라보는
이 마음에도

희열이
차 오른다

터지는 꽃망울
그 뒤를 따라

앙증맞게
돋아나는

그 잎새도
따라 귀여우리

찬기를 타고
아스라이

풍겨내는
향기가

가슴으로
스며든다

잘 익은 과일

나무에서
많은 햇빛을 받고

잘 익은 과일은
빛도 좋고 맛도 좋지만

떨어져 섣불리 익은
과일은 제 맛이 아니다

그렇듯
사람이란 존재

타에
인정을 받으려면

말이나 행동에
설익어서야 되겠는가

생각이나
마음의 움직임은

그 사람의 행과 모습에서
엄연히 말해준다

한 걸음 걸음마다에
한 마디 한 마디 말 속에

자신이 담겨 있음을 알아
잘 익은 과일처럼

부디 스스로들
자기 관리에 소홀치 마소서

소중한 오늘

어제도
오늘이었고

오늘도
오늘이고

내일도
오늘 되지만

오늘 오늘이
가장 소중하다

지난 오늘에
후회하고
매달려 봤자

버스 지나간 뒤
손 들기며

내일 오늘을
서둘러 봤자
성급하기만 하니

오늘 오늘에
한 생각
한 마음
오롯이 쏟아

한생의
오늘을
그렇게 보낼지면

마땅히
성불에
가까울지다

무지와
지혜의
갈림길에서

헤매지 않아
속속 십선 사랑탑이

쌓여 오를지니

그 큰 덕에 눌려
누구도 저해할 수 없어

저해 받지 않는
존재로

큰 산처럼
우뚝 설 것이다

얼마나
소중한 오늘인가

지금의 나

이 세상 속
온갖 형상에

마음 주지 않고
걸리지 않으려

일심 정진으로
그 모두를 이겨낸

지금의 나

이 마음
아랫목에 깔린

기다림
만남
반가움
고마움

사랑
감사와 은혜까지

그마저도
훌훌 띄워

평화롭게
보내주고 싶은

지금의 나

이 세간에
닿을 수 있는

곳곳마다
내 이 마음이

행복을 잔뜩
실어다 나누고 싶은

지금의 나

정진하고

수행함을 즐겨

너무나 당당한
두려움 없는

이 마음이
금강 같은

지금의 나

잠든 듯 조용한
실상의 하나 하나에

그 위대함을
받들어

탐욕의
형상들을

몽땅 내려놓으며
말할 수 없이

말할 수 없는

즐김으로 쌓여가는

지금의 나

자비와 지혜
사랑과 법력까지

속속 키워서

이 세간 곳곳마다
실어나르고 싶은

지금의 나

요즘 나의 하루(오전)

오전 중에는
석가모니 부처님께
아미타 부처님
이야기를 듣고

불꽃처럼
일어나는 신심으로

극락세계에서
아미타 부처님과
어우러져
숨바꼭질을 한다

내 이 두 눈을 감고

아미타 부처님을
흥겹게 부르며
부처님을 찾는

환희로움 속에

부처님께서는
꼭꼭 숨어계시다

내가 눈을 뜨는 순간

경탁 위에서
나 여기 숨었지
하시면서

조용히 미소지으신다

이 어찌
희열에 찬
기쁨이 아니리요

내가 만들어가는 나의 하루

이렇게 혼자서도
외롭지 않게
지나 보낸다

요즘 나의 하루(오후)

오후 시간에는
지장보살님과
한참을 즐기고 나서

다라니 놀이로
조용조용 느릿느릿
걷기도 하고
막 뛰기도 하면서

성화처럼
꺼지지 않는 신심으로

방안에서만도
즐거움으로 무난히
하루를 잘 보낸다

남은 시간을 아껴
지송한글화엄경

법화경 등
장엄염불도
띄엄띄엄 만나
즐겨 지내면서

이 늙음을
타에 짐이 되지 않으려
조심스레 지킨다

시월 중순부터
약간의
쉬는 시간이 늘어나

오분 십분
짧은 시간을
팔베개로
눕기도 하면서

혼자서도
지루하지 않게

내가 즐겨 만든 나의 하루
이렇게 지나 보낸다

도심의 밤 하늘

삭막한
벽돌 사이를
왔다 갔다
지나다니며

밤하늘을
유심히
바라본지
얼마나 오래던가

기억조차
흐려져 간 오늘

그 아름다운
별빛도

늘 충만으로 채워가는
그 달빛도

어슴푸레
꿈속처럼
더듬게 된 순간

따라
각박해진
이 마음이 살펴진다

대도시의
중앙대로

상가 뒷골목
십미터쯤을
빠져 나오면

밤하늘을
살필 겨를도 없이

눈을 유혹하는
네온사인으로
혼란스러우니

아스라이

별들이 수놓는

그 아름다운
밤하늘을

잊어온 지
언제부턴가

기억조차 흐려져
알지 못함이

몹시
안타까운 일이다

"나의 살던 고향은

꽃피는 산골

복숭아꽃 살구꽃

아기 진달래"

이 얼마나

진솔한 아름다움
진솔한 행복인가

삭막한
문화 속에

대우주
본래의 아름다움을

점점 잃어감이
몹시 아쉽다

불연

불연이 닿은 자는
게으르지 않은
정진이 절실하다

부지런히
마음성을 쌓으면

마땅히 다음 생은
계약된 선취에
이르게 될 것이다

점점 바라밀행이
원만해져 가는
참 불자가 되면서

미움은 사랑이 되어가고
탐욕은 자비가 되어가니

번뇌는 어느 순간
지혜로 자라나서

자신도 모르는 사이에

신심이 말을 하게 되고
신심이 행을 하게 되니

신묘한 일이 아닌가

선악의 교차로를 만나

마땅히 만점 인생이
되는 것이다

위대한 불연으로
불법을 만남은

이렇게도
신비로운 것이다

세상을 보는 눈이
달라지며

따뜻한 가슴
더 따뜻해 오니

열린 마음 또한
점점 더 넓게 열리면서

무슨 부족함이 있겠는가

마음 안에 충만이
법계에 가득한데

보다 장엄이 무엇이겠는가

부지런히 행하면
보름달 같은
원만함이 누려질 것이다

설악의 새벽 하늘

내 젊음을
실어 보낸 지난 날

사바 교주이신
석가모니 부처님을

목청껏 부르며
봉정을 찾아

오르내린 설악에서
흘린 땀으로

역으로 지은 업을
녹여 내리며

세속의 번뇌망상
탐진치 그 모두를

고스란히 여의려는
그 마음 하나만으로

한 가슴 차오르는
기쁨을 안고

설악을 오르내린
상 하행 길

가슴 깊이 묻혀
좀처럼 지워지지 않는다

차츰 깊은
계곡에서부터

탑전에 어둠이
차오르면서

야삼경을 지나
오경에 이르면

유난히도
빛나는 새벽별빛

사다리만 놓으면
손에 잡힐 듯

청청한 새벽하늘을
장엄했던 뭇 별들

시간 가고 세월 가도
잊혀지지 않아

설악의 대장엄으로
아련히 살아난다

오늘의 기원

오늘 정유년
정월 대보름

일만 미타정근과
삼천 지장정근에서

평등과 중도를
떠나지 않고

사랑이 자라고
지혜가 자라고
자비가 자라고
법력이 자라서

신심이 더욱 자라
보름달처럼 원만하여

샘물처럼 끊이지 않고

대숲처럼 무성하며

화산처럼 터져
만리장성처럼 장엄됨을

하늘가처럼
염원하면서

오늘 이 기원의 힘이

나의 일상 발원으로
이어진 회향이 되어

날마다 모든 이의
더 좋은 날 되소서

나무 아미타불
나무 지장보살

저녁시간에 다시
앉은 자리에서 둥근달을
명상으로 바라보며

한 시간 동안 정근하면서

초생달이 차오르듯
오월의 죽순이 쑥쑥 자라듯

국수가닥 같았던 신심이
동아줄이 되었듯이

사랑의 힘
지혜의 힘
자비의 힘
법의 힘이

왕성하기를 기원하며
희열에 찬 오늘을 접는다

지혜

지혜란
입으로
몸으로
뜻으로
지을 수 있는 것이 아니다

그러기에
육바라밀 중에서도
마지막 자리를 지킨다

복과 덕의 성은
쌓을 수 있으나
지혜의 성은 쌓을 수 없다

지혜란
지어서 얻는 것이 아니기에
애써 노력으로
키워낼 수 있는 것도 아니다

바라밀의 원만행에서
생기어 자라는 것이
바로 지혜인 것이다

지혜는 복덕성이 아니다

지혜란
마음이나 허공처럼
실상의 성으로
비유되는 것도 아니다

마땅한 자리에서
생기어
자라는 것이다

어느 누가 감히
다스릴 자 쌓을 자가 있으랴

지혜의 막강한 힘을
또한 막을 잔들 뉘 있으랴

지식이 접근할 수 없는
그 자리가 지혜의 자리이다

살아가는 그 속에서
충만 원만 구족한 행으로 인해

스스로 생기어
스스로 자라서

억만 덕행을 갖춤이 되는 것이다

지혜란
모든 행 즉 바라밀 행의
으뜸이 되어

스스로 생기어
스스로 자라는 것이다

그 대권자인
우리 자신들은

지혜의 바탕인
실상의 근본 자리가

원만히 갖추어진 위대한 존재이다

스스로 더욱
지혜로운 자가 되어

생겨난 지혜가
무럭무럭 자라기를 기원한다

마하 반야 바라밀

폰으로 온 편지

일진행 보살님
오늘 초를 다투는
시간 싸움을 내려놓고
내 안에 무한을
가슴 벅차게
제 가슴속 깊은 곳에
담았습니다

보살님의 한 치 어림없는
시퍼런 칼날과도 같은
대 서원의 정진은
글로도 말로도
표현할 수 없이
장엄하시고
시퍼런 번뜩임으로
우주를 누리셨습니다

참으로 아름답고

값진 가치 있는 삶으로
세세생생 부처님 법에서
극락을 누리실 것이며
많은 불자들께
인도의 등불을 밝혀주셨습니다

저는 이토록 감흥 주심에
실낱같은 눈을 뜰 수 있어
마음 열고 마음 내려놓을 수 있음에
엎드려 감사한 마음 올립니다

부디 건강하시어 많은 불자들께
보살님의 무한한 경지를 보여주소서
감동과 찬탄의 눈물 어립니다
부디 건강하시어 보여주시옵소서
부처님께로 가는 길
깨달음을 얻는 길의 진수를요

보살님 발길에서
묻어나는 향내음을
마다하지 않을 것이며
향내음 따라서
어린아이처럼 쫓을 것입니다

감사합니다
사랑합니다
존경합니다
일진행 보살님

- 황윤의 올림

그대 황윤의 님 장하십니다
전국 백십만 명이 넘는
그 많은 공무원 중에서
공무원 대상이란 자리를 차지한
그대 장엄스럽습니다
그대 존경스럽습니다
저는 덩달아 기쁩니다
나 일진행 당신을 사랑합니다
윤의 보살님
안녕 안녕 안녕히

- 일진행 합장

다녀가서 보낸 사연

존경하는 어머님
이제부터 엄마라고 부를 겁니다
허락 받지 않아도
지금 당장 저는 불러봅니다
엄마 사랑합니다
오늘은 너무 행복했습니다
부처님 이야기
세상 이야기로
가슴이 확 트이는 좋은 말씀들
감사합니다
엄마 사랑합니다
다시 찾아 뵙겠습니다

- 2017. 1. 7. 22시 23분

응 알았어
힘들게 낳아서 키우지도 않고

공부도 안 시키고
시집도 보내지 않았는데
공짜로 생긴 딸아 너무 고맙구나
법화경에 희견여래가 있고
희견보살도 있으며
희견이란 겁도 있단다
그런데 지금 나에게
신심이 똑소리가 나는
희견도반도 있단다
보다 예쁜 이름이 있나 찾아봐도
더 예쁜 이름이 없어서
엄마를 찾아온 든든한 딸에게
희견이란 이름을 주고 싶다
알았지
오늘부터 희견이 되는 거다
희견아!
이 엄마 많이 많이 사랑할게

- 새 인연의 딸에게

엄마의 마음(인터넷 답글)

08. 07. 05 03:21

그 연세에 자식에게 편지 쓰시는 어머니…

특히 이렇게 저렇게 훈계하시는 글이 아니고 문학적이고 감성이 넘치는 글에, 정말 나도 그때 나이 돼서 친구 어머님처럼 감성이 살아있는 그런 노인으로 늙고 싶다.

08. 07. 05 08:38

어머님 연세가 어떻게 되시는지 모르지만, 필체도 젊은이 못지않으시고 절절한 사랑이 깃든 필력 또한 대단하시다. 삶의 연륜이 묻어나는 회환과 교훈과 자식 사랑에 잔잔한 감동 받았다.

08. 07. 05 08:45

사랑이 멈추지 않는 우애로 노끈이 모여서 동아줄이 되듯이

합하면 큰 하나요,

각각이면 작은 넷이니라.

다독이며 아껴주고 사랑하라 그만이 최상의 삶이
니라.

이보다 더 아름다울 수는 없다.

08. 07. 05 09:37

궂은날 맑은 날 있듯이 행 불행이 동반하고 있단
다. 잘 받아들여 다독이며 아끼며 사랑하라. 그만
이 최상의 삶이니라~~ 구구절절 교훈과 딸을 사
랑하는 마음이 듬뿍 묻어나는 편지~ 가보로 간직
해도 손색이 없을듯~ 가슴 찡하다~

08. 07. 07 11:36

충충시하에 네 자식 거두어 가며 이만큼의 세월을
겪어 오시면서도

저 정도의 감성과 지혜를 오롯이 지켜 오셨다는 사
실을 접하며

끈적끈적한 이 시간이 청아하게 바뀌어짐을 본다.

입가에 "배시시" 하는 미소가 떠오르고 거친 내 팔

뚝에 소름이 돋는 것은
경이로움으로 인한 경외로움일게다.
그야말로 진솔한 삶이 듬뿍 묻어나는 애기….
어머니의 지워지지 않는 그 향기로움이 바로 치자
꽃향기가 아닐까 한다.
내 코로 느껴보지는 못했지만, 내 마음으로 느낀다.

아버지 일주기 때
미국에서 보내온 딸의 편지

보고 싶은 아버지

아버지, 다시 가을이 왔어요.

하늘은 높고 푸르고, 햇볕은 따사롭고, 이름 모르는 들꽃들도 많이 피었고, 단풍도 곱게 물들었어요.

공항에서 마지막으로 본 아버지의 단정하신 모습, 늘 가슴에 담고 아버지 보고싶어하는 큰딸이에요.

아버지, 불러보기만 해도 가슴이 시리도록 보고싶고, 그럴 땐 단 한 번이라도 더 뵐 수 있었으면 하는 간절함으로 눈을 꼭 감아보기도 합니다.

아버지 그럴 땐 전 사직동 살던 때가 생각이 나곤해요.

아버지도 기억하시죠?

아버지가 외출하시면 미희랑 나랑 팔짱끼고 따라나서서 응석도 부리고, 때론 용돈도 얻고 그런 다정한 부녀 사이를 다른 사람들은 부러워했었어요.

마당에 가득한 꽃 때문에 우릴 보고 꽃집아가씨라고들 불렀고, 우린 꽃을 잘 가꾸어 놓으신 아버지

어머니가 무척 자랑스러웠답니다.

아버지.

아버지 곁을 떠나서 멀리 있다는 것조차 믿기지 않는데, 손에 잡힐 듯 가까운 추억들을 두고 이제 아버지를 그리워만 해야 한다는 것은 우리에겐 너무나 힘이 들어요.

그렇지만 아버지, 이별이란 창문만 열면 더욱 가까이 계실 것 같은 아버지.

양복이 잘 어울리는 우리 아버지의 멋진 모습, 하늘을 보면 늘 웃으시던 아버지의 따뜻한 웃음, 가슴 가득한 우리들에 대한 사랑.

내가 만약 다시 태어난다면 아버지 어머니와 다시 인연이 맺어지길 간절히 원하며…

아버지, 우리들 가슴속에 영원히 남아 있을 우리들의 아버지.

서로 사랑하며, 걱정하며, 살아온 소중한 인연 감사드리며 아버지를 보내드립니다.

아버지 편히 가세요.

아버지 어머니께서 보여준 깊은 사랑 언제나 생각하며 가족들을 아끼고, 훌륭한 부모가 되도록 멀리서나마 아버지 도와주세요.

그래서 아버지께 떳떳한 딸이 될게요.

아버지, 엄마·오빠·미희·민이 모두 모였지만 저

는 또 참석하지 못해요. 하지만 마음은 늘 함께 있답니다.
아버지, 아무 걱정 마시고 편히 가세요.

— 미리 올림(1990. 10)

편집자의 글

어느새 10년, 10번째 책이다.

10년이 지난 지금도 첫 원고를 받았을 때의 감동을 잊을 수 없다.

부산에서 걸려온 노 보살님의 전화 한 통, 당신이 살아온 이야기를 책으로 내고 싶다고 하셨다.

일단 원고를 보내달라고 했지만, 마음속으로는 '그렇고 그런 이야기'겠거니 하였다.

하지만 원고를 보는 순간, '아, 이런 분도 있구나!', 내 자신이 부끄러워졌다. 아니 경건해졌다고 해야 할까.

아직 가공되지 않은 원석처럼, 투박하고 소박한 글이었지만, 당신이 살아온 삶이, 행해온 수행 여정이 고스란히 전해져 왔다.

그 치열함, 그 진정성, 그 열정, 그 믿음 ……, '아, 이런 분들이 한국불교의 진정한 바탕이구나' 하는 생각이 들었다.

그렇게 1년에 한 권씩 책을 내기 시작하여 10년이
된 것이다.

그 사이 목소리만 들어도 보살님을 알아챌 수 있을
정도가 되었지만, 정작 우리는 아직 얼굴을 보지
못했다.

어찌 그리 무심하냐는 말을 할 수도 있겠지만, 이
미 보살님과 나 사이에는 그 이상의 '마음'이 교류
하고 있다고 생각한다. 오고 가는 몇 마디 말 속에
서 서로 존중하고 배려하고 생각하는 바를 알 수
있으니, 굳이 얼굴을 볼 필요가 없었던 것일까.

몇 년 전부터 보살님의 글에서 이별과 만남을 준비
하는 글들이 많아지기 시작했다.

이 세상과의 이별이고 다음 생과의 만남이다. 말로
야 쉽게, '태어난 모든 것은 죽기 마련이고, 만나면
헤어지는 게 이치'라고 하지만, 그게 그렇게 쉬운
일일까.

보살님은 당신이 공부해온 것처럼, 마치 옷을 갈아
입는 것처럼 담담하게 이생과의 이별을 준비하고,
더 나은 다음 생을 위해서 남은 시간을 아껴 수행
하고 기도하고 정진한다.

10번째인 이번 책이 보살님의 마지막 책이다.

10은 불교에서 모든 것을 원만히 구족함을 뜻한다.
아무쪼록 보살님이 원하시는, 이번 생과 다음 생의
서원들이 모두 원만 구족되기를 기원한다.

2017년 3월
김시열

아흔의 밑자리에서
최종이 될 이 글을 맺으며

일심 발원하옵니다
일체중생들 다함께
삼보에 귀의하여
부처님 회상에서 육근청정
심중소구소망무장무애
만사여의원만성취
지혜충만하여지이다

일심 발원하옵니다
병고에 시달리는 모든 분들이
속득쾌차하여
온 인류가 건강하게
일생을 향수하여지이다

일심 발원하옵니다
유주 무주 고혼 애혼들이
일시에 이고득락 왕생극락
상품상생 하시어지이다

일심 발원하옵니다
우리나라 남북통일이 되어
세계 속의 불국정토로
만세만세 우순풍조 세계평화
만만세 하여지이다

일심 발원하옵니다
이 몸 여든다섯이 되기 전에
원만히 이 육신을 벗어지이다

일심 발원하옵니다
이 몸 벗어놓고 다시 몸 받을 때
남자 몸 받아 부처님의 상수제자가
될 수 있는 여법한 출가수행자
지혜 충만한 수행자가 되어지이다

일심 발원하옵니다
이 몸 금생을 닫는 마지막 그날까지
오늘 지금처럼 예배 정진을 하고서
원만히 이 육신을 벗어지이다

이차 인연 발원 공덕을 법계에 회향하옵니다

마하 반야 바라밀

불 보살님이시여
저에게
자비와 사랑
지혜와 법력의
불가사의한 힘이
광대하게 자라

제가 발원하는
모든 곳에
모든 이에게
닿을 수 있도록
한 힘 잔뜩 실어주소서

일심 발원하옵니다

일진행 |

1936년에 태어나 30대 후반 긴가민가했었던 그 마음이 40대 초반(1976년)에 들어서면서 신발 끈 졸라매고 불가佛家에 뛰어들어, 접었다 폈다 백 손가락으로도 모자랄 난행고행의 정진으로 육바라밀행에도 인색하지 않았던 그가 좇아온 길, 만 40년이 되었다.

그간 어느 하루 소홀히 하지 않았던 끈질긴 신행으로 쌓은 지난날이, 2008년부터 매년 마음의 결정체인 아홉 권의 이야기로 나왔다. 첫 번째『행복한 고행』, 두 번째『허공 속의 무영탑』, 세 번째『내 마음속 영산회상』, 네 번째『사바는 연꽃 세상』, 다섯 번째『행복한 황혼길』, 여섯 번째『아름다운 일몰』, 일곱 번째『걸음걸음 가볍게』, 여덟 번째『내생으로 가는 길』, 아홉 번째『내 안에 무한을』에 이어서 이번 이야기로 열 번째『다시 태어남으로』에 이르기까지 일진행의 후반생 동안 굴하지 않았던 사십성상이 고스란히 실려 있다. 그 속에서 항상 충만한 행복을 약속하는 삶을 누리고 나누며, 끊임없는 정진을 내생으로 이어가고 있다.

다시 태어남으로

초판 1쇄 인쇄 2017년 4월 11일 | 초판 1쇄 발행 2017년 4월 18일
지은이 일진행 | 펴낸이 김시열
펴낸곳 도서출판 운주사

(02832) 서울 성북구 동소문로 67-1 성심빌딩 3층

전화 (02) 926-8361 | 팩스 0505-115-8361

ISBN 978-89-5746-484-7 03810   값 12,000원

http://cafe.daum.net/unjubooks 〈다음카페: 도서출판 운주사〉